추천사

"요즘 날씨가 좋아서 밤이면 집 아래로 흐르는 천을 따라 가볍게 런닝을 합니다. 런닝을 하고 나면 몸도 마음도 생각도 가벼워짐을 느낍니다. 그리고 시원한 물을 한잔 마실 때의 그 시원함은 런닝을 하기 전부터 저를 설레게 합니다.

코로나로 인해 육체적으로 정신적으로 많은 피로감을 느끼고 있었을 때 형석형제로부터 시집을 전달받았습니다.

그리고 시를 읽는동안 영혼의 평온함을 느꼈습니다. 피곤한 저의 마음이 따뜻한 위로를 받았습니다.

메마른 땅에 봄비와 같이 목마른 우리의 감성을 촉촉히 적셔줄 아름답고, 설레는 만남이 이곳에 있습니다.

이 시집을 통해 많은 위로와 우리를 향한 그분의 사랑을 느끼게 되시길 바랍니다."

– 이경록 목사님
살아있는교회 담임

"본 책은 막연한 믿음을 가지고 살아가는 이들에게 추천하고 싶다.

저자의 시에는 소망이 담겨 있고 소망은 막연하기만 했던 것들을 구체적으로 그려가게 하기 때문이다.

멀게만 느껴지던 것들이 가깝게 느껴지는 경험을 할 수 있는 책이라고 생각한다."

– 임은총 형제

목원대학교 신학대학원생

"하나님의 사랑을 노래하는 이 시집은 잠잠히 그 놀라운 사랑에 깊이 잠기게 해 준다. 시인은 하나님의 사랑의 나라에 독자들을 초청한다. 하나님의 사랑을 다채롭게 그리고 있는 이 시집을 통해 독자들이 그 아름다운 사랑을 경험하게 되기를, 그분을 더욱 사랑하게 되기를 진심으로 소망한다."

– 이한빈 형제

감리교신학대학생

내맘엔 너

내맘엔 너

강형석 시집

오비디언스

차례

제2부 별들

제3부 천국

제4부 하나님

제5부 위로

시인의 말

거칠고, 숨 막힐 정도로 힘들고, 세상살이에 지친 이 시대.

그런 이 시대에 한줄기 깨끗한 샘물 같은 시를 마시고 목을 축이실 수 있도록 이 시집을 썼습니다.

순수함과 진심을 담은 이 시집은 이 시대에 정말로 중요한 것이 무엇인지, 우리 인생의 본질과 방향은 무엇인지에 대해 말합니다.

결국 이 시집은 우리에게 하나님의 사랑과 하나님의 나라, 하나님의 뜻, 그리고 하나님 그분을 더욱 깊이 알려 줍니다.

이 시집을 읽으시고, 더 행복해지시길 바라고 기도합니다. 감사합니다.

강형석

제1부

너

너를 사랑해

하나님의 그 어떤
은혜보다,
영광보다,
축복보다,

더 소중한
너.

너를 사랑해.

대신

너가 지옥에서
고통받는 것을
보느니

내가 대신 지옥에서
영원히
고통받겠어.

너가
천국으로 갈 수만 있다면,

너가
행복할 수만 있다면.

너

하늘엔
별

바다엔
물고기

내맘엔
너

너가 없으면

너가 없으면
무슨 낙으로
이 세상을 살까?

너를 웃게 할
기쁨도,

너와 함께 웃을
기쁨도,

너의 웃음을 볼
기쁨도,

없을텐데.

행복

너의 꿈을
다 이뤄주고 싶어.

너의 선한
마음들,

너의 재미있는
열망들,

그것들이 너를
행복하게 할 수만 있다면.

행운

너를 알게 된 건,
너를 만나게 된 건,
나에겐 너무나 큰 행운이야.
나에겐 너무나 큰 행복이야.

너와의 시간들이
너무 소중해.

너와의 순간들을
아껴 보낼래.

너와의 모든 날에
널 사랑할래.

축복

당신과 함께하는 게,
당신과 함께할 수 있다는 게,
나에겐 가장 큰
축복이죠.

온 세상
부와 명예와 권력,
가지면 뭐해요,

당신이 없으면
다 쓰레기죠.

당신과

당신과
영화 보고 싶어요.

당신과
까페에 가고 싶어요.

당신과
맛집에 가고 싶어요.

당신과
이야기 나누고 싶어요.

그것이 당신을
행복하게 한다면.

나의 소원은

나의 소원은
당신을 행복하게 하는 것이죠.

당신의 행복을 위해
행복하게 꿈을 꾸고,
행복하게 일을 해요.

더 나은 당신의 행복을 위해.
더 나은 당신의 내일을 위해.

우리

우리가 행복하지 않을 땐

일이 손에 잡히지 않아요.
모든 것이 소용없게 느껴져요.
내가 행복하지 않아요.

우리가 행복할 땐

일이 즐겁고,
모든 것이 아름다워 보이고,
내가 너무 행복한데 말이죠.

그래도

그래도 나는
당신을 사랑해요.

당신이 얼마나
잘못을 하고,
나를 화나게 하고,
제멋대로여도,

그래도 나는
당신을 사랑해요.

당신은 이미
나의 전부니까요.

기도

나는 기도해요.

우리가 행복할 수 있기를,
우리가 날마다 더 행복할 수 있기를.

그러기 위해,

우리가 서로 사랑할 수 있기를,
우리가 날마다 더 서로 사랑할 수 있기를.

천국

당신이
날 사랑한다면,

이 세상은 천국일 텐데.

소중해

너 때문에
불행해지기엔

난 너무
소중해.

천국같아요

그대가 날
다시 사랑하네요.

천국같아요.

그대가 날 사랑할 때보다
더 행복할 때는
없는 것 같아요.

멈춰

너가 날 사랑하지 않을 때,
내 세상은 멈춰.

다른 사람을 사랑할 수도,
다른 사람에게 행복을 줄 수도 없어.

너 때문에

하지만,

너 때문에
모두가 불행해질 순 없어.

너 때문에
모두가 불행해질 순 없어.

너 때문에
모두가 불행해질 순 없어.

너 없이도

너가 나를 사랑한다면 좋겠지만,
더없이 좋겠지만,

너 없이도 우리는
행복할 자격이 있어.

그가 우리를 사랑하시기 때문에.

우리는 자격 없지만,
그가 우리를 사랑하시기 때문에.

완전히

너가 완전히
돌아오기까지
시간이 걸리겠지.

하지만 그때까지,
언제나 그랬듯이,
기도하고, 사랑할게.

널 완전히
돌아오게 할 것도
기도와 사랑이니까.

제2부

별들

별들

저 하늘 위 반짝이는 별들은,
사랑 때문에
반짝이는 게 아닐까?

사랑의 아름다움 때문에
사랑의 놀라움 때문에
사랑의 위대함 때문에

너무 아름다워서
너무 놀라워서
너무 위대해서

찬양

우리가 하나님을 찬양하는 이유는
우리를 향하신
하나님의 사랑이

하늘보다 높고
바다보다 깊고
우주보다 넓고
영원보다 길고

태양보다 뜨겁고
별들보다 아름답고
구름보다 멋지고
태풍보다 강하고

산들보다 항상 거기에 있고
공기보다 언제나 곁에 있고
내 몸보다 늘 가까이 있고
나보다 나를 더 잘 알기 때문이야

산

산에 오르면
많은 게 보이는 것처럼

불을 지나면
많은 게 느껴지는 것처럼

너를 만나면
많은 게 달라 보이는 것처럼

하나님을 알수록
세상이 새로워져

열매

하나님이 기뻐하시는
삶을 사는 사람은
열매를 맺어요.

성령의 열매,
빛의 열매,
의의 열매...

그 열매들은 모두
모두에게
기쁨을 주어요.

나무

나무는
우리에게
많은 것을 주죠.

그늘, 목재,
공기, 등받이,
열매, 땔감...

하나님도
우리에게
많은 것을 주세요.

심장박동, 숨결,
힘, 능력,
기회, 자유...

우리는
나무에게,
하나님께,
무엇을 드릴 수 있을까요?

우리가
받지 않은 것은
무엇이 있을까요?

열

열이 없으면
우리는

따뜻한 것을
입을 수도, 덮을 수도,
마실 수도, 먹을 수도,
즐길 수도, 줄 수도
없고,

살 수도 없어요.

하나님의 사랑이 없으면
우리는

행복을
느끼고, 경험하고,
나누고, 더하고,
누리고, 전할 수
있을까요?

살아갈 수 있을까요?

바다

바다에는
수많은 생명들과
수많은 색깔들이
있어요

진한 갯벌과
푸른 바닷속의
다양함과 풍성함처럼

영적 세계에도
수많은 열매들과
수많은 기쁨들이
있어요

깊은 은혜와
무게 있는 거룩함 속의
신비로움과 놀라움처럼

폭풍

건물이
크게
부서지고

산더미 같은
파도가
일게 하는

폭풍처럼,

하늘이
마구
요동치고

세상이
완전히
뒤집어지게 하는

그의 사랑.

달

어둠 속에서
밝게 빛나는
달처럼,

어둠 가운데
길을 비추는
달처럼,

어둠 속에서도
친구 돼주는
달처럼,

예수님도
우리에게
달처럼.

마음

파도가 일렁이면
내맘도 일렁였죠

하지만 그대 주신
맘속 기쁨과 평안

폭풍이 몰아쳐도
내맘 곧 잔잔하죠

숲속

숲속에서의
멋진 여행
멋진 모험을 위해

꼭 필요한
나침반처럼,

삶 속에서의
멋진 여행
멋진 모험을 위해

꼭 필요한
성경책.

안갯속

자욱한 안갯속에서
앞이 보이지 않아도

주님 손잡아 주시면
맘놓고 어디도 가네

어둠

어둠 속에서도
하나님은 계신다.

어둠 속에서도
하나님은 함께하신다.

어둠 속에서도
하나님은 사랑이시다.

잔디

잔디 위에선
마음 놓고

뛰고, 눕고,
앉고, 걸을 수
있듯이,

하나님 안에선
마음 놓고

일하고, 쉬고,
놀고, 살아갈 수
있죠.

새

새들이 하늘을 나는 것처럼,
우리는 사랑을 할 수 있죠.

새들이 날개를 펼치는 것처럼,
우리는 마음을 쏟아부을 수 있죠.

새들이 노래를 부르는 것처럼,
우리는 꿈을 꿀 수 있죠.

태양

태양은 빛이 닿는
모든 것을 비추죠.

태양은 모든 어둠
빛으로 물리치죠.

태양은 모든 추위
따뜻하게 녹이죠.

태양처럼 하나님은
모든 것을 비추시죠.

태양처럼 하나님은
선으로 악을 물리치죠.

태양처럼 하나님은
사랑으로 안으시죠.

훈련

훈련의 의미는
더 많은 기쁨을 누리고
더 많은 기쁨을 나누고
더 많은 기쁨을 전하기
위함 같이,

성숙의 의미는
더 아름다운 행복을 누리고
더 아름다운 행복을 나누고
더 아름다운 행복을 전하기
위함이죠.

눈

하얀눈이
소리없이
마구마구
내리듯이

하얀눈이
소리없이
온세상을
다덮듯이

하얀눈이
소리없이
눈사람을
만들듯이

하나님도
소리없이
은혜들을
내리시고

하나님도
소리없이
사랑으로
덮으시고

하나님도
소리없이
이세상을
만드셨죠.

비

비가 내릴 때
너가 생각나는 것처럼

비가 내릴 때
우리 음악 듣는 것처럼

비가 내릴 때
너의 웃음 보이는 것처럼

나라 내릴 때
그가 생각나고

나라 내릴 때
우리 찬양 듣고

나라 내릴 때
그의 웃음 보이죠

길

길은 걷기 편하게
걸음을 안내해 주죠.

길은 걷는 여정에
동반자 되어 주죠.

그리고 길은 나에게
삶 그 자체죠.

길이신 예수님도
우리의 걸음 안내해 주시고,

길이신 예수님도
우리의 동반자 되어 주시고,

그리고 길이신 예수님도
우리의 삶 그 자체 되시죠.

끝없으신

끝없으신 하나님.

그의 생각
그의 지혜
그의 길

그의 능력
그의 감동
그의 행복

그의 은혜
그의 영광
그의 거룩

그의 뜻
그의 이해
그의 사랑

그만이 찬양 받으시고
그만이 경배 받으셔야 할 것은

그만이 우리의 영원,
영원을 뛰어넘는 행복 되신

그리고 영원,
영원을 뛰어넘게 끝없으신

하나님 되시기 때문이죠.

제3부

천국

하나님의 나라

떨어지는 낙엽들은 왜일까
하나님의 나라 같아.

남을 위해
자신의 목숨을 바치는
용사들처럼,

하염없이
아름답고
아름답구나.

사랑의 세상

사랑은
세상 모든 것을 아름답게 하지만,

사랑이 없으면
세상 모든 것은 공허하게 되죠.

나는, 보았다

나는, 보았다.
하나님 나라의 모습을.

하나님의 나라,
이 땅 위에 실현되는 모습을.

그것은 우리가,
서로 사랑할 때,

그것은 우리가,
기도와 순종으로
서로 사랑할 때,

실현되는 것임을.

나는, 보았다.
하나님 나라의 모습을.

사랑의 나라

하나님의 나라,
사랑의 나라죠.

우리의 무기와, 능력과, 싸움은
사랑과, 기도와, 순종이죠.

하나님의 나라,
사랑의 나라죠.

우리의 사랑과, 목적과, 꿈은
당신과, 우리와, 하나됨이죠.

하나님의 나라,
사랑의 나라죠.

우리의 목숨과, 삶과, 모든 것을 바쳐 싸우는 이유는
예수님처럼 당신을 사랑하기 위함이죠.

모든 종류의 행복

하나님의 나라는,
모든 종류의 행복으로부터 오죠.

관계, 일,
음식, 영화,
음악, 예술,
기술, 등등...

하지만,
하나님 나라의 본질은,
사랑의 행복으로부터 오죠.

사랑을 받는 행복,
사랑을 주는 행복.

사랑이 없으면

사랑이 없으면,
하나님의 나라도 없어요.

하나님이 사랑이시기 때문이죠.
천국의 본질이 사랑이기 때문이죠.

사랑이 없으면,
하나님의 나라도 없어요.

사랑만이 모두를 행복하게 할 수 있기 때문이죠.
사랑만이 영원히 행복하게 할 수 있기 때문이죠.

천국의 행복

천국의 행복은 다양하죠.
천국의 행복은 영원하죠.
천국의 행복은 증가하죠.

세상의 수많은
행복의 종류들처럼.

사랑하는 사람이
우리 마음에 영원히 머무는 것처럼.

사랑하는 사람을
영원히 더 행복하게 해 주고 싶은 것처럼.

사랑의 행복

사랑의 행복은
점점 더 넓어지죠,

사랑은 사랑하는 이들에게
갈수록 더 많은 행복을 주기 때문에.

사랑의 행복은
점점 더 길어지죠,

사랑은 사랑하는 이들에게
갈수록 더 영원한 행복을 주기 때문에.

사랑의 행복은
점점 더 높아지죠,

사랑은 사랑하는 이들에게
갈수록 더 큰 행복을 주기 때문에.

사랑의 행복은
점점 더 깊어지죠,

사랑은 사랑하는 이들에게
갈수록 더 깊은 행복을 주기 때문에.

사랑의 행복 II

놀이터에서 미끄럼틀 타는 것처럼,
사랑의 행복은 기분 좋죠.

덤블링에서 높이 점프하는 것처럼,
사랑의 행복은 스릴있죠.

볼풀장에서 친구들과 노는 것처럼,
사랑의 행복은 재미있죠.

좋은 환경에서 스포츠를 즐기는 것처럼,
사랑의 행복은 다이나믹하죠.

사랑의 여정

기도와 순종으로
이뤄지는 것이기에,

사랑의 여정은
숲과, 바다와, 하늘과, 우주를 가르는
모험 같고,

들과, 산과, 강가와, 타지에서의
캠핑 같으며,

가족과, 친구와, 모두와, 자연을 위한
삶 같아요.

당신의 행복

당신의 행복이
나의 행복이죠.

그것이 사랑이죠.

내가 힘들어도,
내가 지쳐도,
내가 아파도,
내가 슬퍼도,

당신이 행복하면
나는 행복하죠.

당신을 사랑해요.

천국에는

천국에는
이 땅에 없는 놀라운 색들이 있대요.

천국에는
그 색들이 아이들처럼 뛰어논대요.

천국에는
우리와 놀라운 예배가 하나된대요.

천국에는
우리가 예배를 위해 만들어진 것 같이 느껴진대요.

천국에는
가장 신나는 일이 하나님의 사랑을 받는 거래요.

천국에는
우리가 그 사랑으로 서로 사랑한대요.

천국에는
사랑이신 하나님이 계시대요.

우리가 있기에

천국은
서로 사랑하는
우리가 있기에
천국이죠.

하나님이 사랑하시는 우리,
무수히 다양한 색깔을 가진 우리,
수없이 많은 열매를 맺는 우리,

천국은
사랑을 가능케 하시는
하나님이 계시기에
천국이죠.

천국의 왕자

천국의 왕자가
이 땅에 오셨을 때,

병든 자들을
치유하시고,

가난한 자들에게
복음을 전하시고,

모든 사람들을
가르치신 것은,

우리에게 행복을 주시기 위해,
우리에게 천국을 주시기 위해,
우리에게 자신을 주시기 위해.

천국건축

천국의 성벽은
말씀과, 믿음과, 기도로 쌓이고,

천국의 전쟁은
말씀과, 사랑과, 기도로 승리하며,

천국의 확장은
말씀과, 소망과, 기도로 이뤄지죠.

그리고 천국은,
오직 하나님의 음성을
온전히 구하고, 분별하고, 순종하는
우리들이죠.

하나님의 나라는

하나님의 나라는
하나님이 다스리시는 나라죠.

하나님의 나라는
하나님께 순종하는 자이죠.

하나님의 나라는
온전해지고, 거룩해지고, 깊어져가죠.

하나님의 나라는
성장해가고, 성숙해가고, 하나돼가죠.

음성

하나님은
제사보다 순종을,
제물보다 경청을 기뻐하시죠.

하나님께는
필요하신 것이 없기에.
부족하신 것이 없기에.

하나님은
외모 아닌 중심을,
물질 아닌 사랑을 기뻐하시죠.

하나님께는
진정한 사랑이 다기에.
모두의 행복이 다기에.

씨앗

믿음의 씨앗은
평강을 낳고,

소망의 씨앗은
기쁨을 낳으며,

사랑의 씨앗은
천국을 낳아요.

한 가족

우리는 한 가족이에요.

하나님을 아버지로 두고,
예수님을 맏형제로 두고,
성령님을 보혜사로 둔,

우리는 한 가족이에요.

하나의 피로부터 오고,
하나의 세상에서 살고,
한분의 하나님을 모시는,

하나님과 하나

하나님의 나라로 살아간다는 것은
하나님과 하나되어 간다는 것이죠.

하나님과
같은 곳을 바라보고,
같은 것을 원하고,
같은 것을 목적하고,

하나님과
같은 곳에 있고,
같은 것을 생각하고,
같은 것을 선택하게 된다는 것이죠.

제4부

하나님

하나님의 프로포즈

나를 만나 주셨을 때,
“내가 너를 이해한다”며,
나를 안아 주신 하나님.

다른 사람들을 만나 주실 때,
뭐라고 하시며,
어떻게 만나 주실까?

친구

하나님이 내 친구면 어떨까..

울고 싶을 때 울고..
말하고 싶을 때 말하고..
기대고 싶을 때 기대고..
투정 부리고 싶을 때 투정 부리고..
장난치고 싶을 때 장난치고..
같이 놀고 싶을 때 같이 놀고..
같이 누워 있고 싶을 때 같이 누워 있고..
같이 별 보고 싶을 때 같이 별 보고..
같이 걷고 싶을 때 같이 걷고..

당신

하늘을 보면 당신이 생각나요.
당신의 거룩을 그리는 구름들,
당신의 아름다움을 그리는 색깔들..

나는 당신을 언제 볼 수 있을까요?

온유함

찬양 드릴 때 느껴졌던
당신의 온유함,

언제 또 느낄 수 있을까요?

상

나에게
장난을 많이 치시는 하나님,

나에게
상 주시기 위함이시라네.

나에게
이해가 되지 않는 일들을
명령하시는 하나님,

나에게
상 주시기 위함이시라네.

나에게
고난을 많이 주시는 하나님,

나에게
상 주시기 위함이시라네.

나에게
기도와 순종을 통해
성장과 성숙을 바라시는 하나님,

나에게
상 주시기 위함이시라네.

희망

희망을 찾고 있었어요.

'어떻게 하면
하나님의 나라가
이 땅에 임할까.'

희망을 찾았어요.

'서로 사랑하면.
예수님이 우리를 사랑하셨듯,
서로 사랑하면.'

하나님

내가
믿고,
신뢰하고,
의지할 수 있는 건,

당신 뿐이죠.

어찌나

하나님,
어찌나 좋으신지.

하나님의 영광,
어찌나 아름다운지.

이해

하나님은 내가
이해할 수 없어도
순종할 수 있는 분이시죠.

나보다 나를
더 사랑하시고,

나보다 나를
더 잘 아시고,

나보다 나를
더 행복하게 하실 수 있으신
분이시기에.

모든 일

하나님이 하시는
그 모든 일은

우리 모두의
영원한 행복을 위해서이시죠.

넓고 길고 높고 깊은

하나님이 그냥 처음부터
우리를 항상 행복하게만
만들지 않으신 이유는,

우리가 기계처럼
행복하기만 한 게 아니라

우리가 어떠한 상황에도
하나님과 모두를 사랑하게 되기까지
성장하고 성숙해져서,

우리가 이 땅의
슬픔과 아픔과 고통을 통해
단련되고 성장하고 성숙해져서

넓고 길고 높고 깊은 행복을
누릴 수 있게 되게 하시기 위해서시죠.

결국

하나님은 결국
우리가

하나님이 우리를 사랑하시는 만큼
우리가 하나님을 사랑하게 되기를
원하세요.

우리는 결국
하나님을 사랑하는 만큼
행복하게 될 수 있기 때문이에요.

하나님을 사랑하는 방법

우리의 힘과 능력과 명철로는
하나님을 사랑할 수 없어요.

"하나님을 사랑하게 되게 해주세요.
더, 예수님처럼, 예수님만큼.
평생, 언제나, 항상, 영원히.
예수님의 이름으로 기도드렸습니다. 아멘."
이라는 기도들을 충분히 드려야 하죠.

이 기도들 없이는 우리 마음에
하나님을 향한 사랑이 없기 때문이에요.

그리고는,
오직 하나님의 기쁨을 위해
하나님만을 의지해야 해요.

이것이 진정으로
하나님을 사랑하는 방법이죠.

이유

하나님을 사랑하는 만큼
행복해질 수 있는 이유는,

하나님이 사랑이시기 때문에,

하나님은 전지전능하시기 때문이에요.

사랑

하나님을 사랑하는 만큼
모두를 사랑하게 될 수 있어요.

하나님은 하나님 당신 자신보다
다른 모두를 무한히 더 사랑하시기 때문이에요.

사랑이신 신

그럼에도 불구하고
우리가 그 무엇보다
하나님을 가장 사랑해야 하는 이유는

사랑은 오직 하나님 한 분으로부터
오기 때문에,

사랑은 오직 하나님 한 분으로부터
가능하기 때문에,

따라서,
모두의 영원한 행복은
오직 하나님 한 분만이
주실 수 있기 때문이에요.

전능하신

하나님께는
모든 것이 가능해요.

하나님은
모든 것을 하실 수 있어요.

하나님은
내가 싫어하는 것을 좋아하게도,

하나님은
내가 못하는 것을 잘하게도

하실 수 있어요.

누구든지

하나님은 누구든지
행복하게 하실 수 있어요.

하나님은 누구든지
멋지게 하실 수 있어요.

하나님은 누구든지
아름답게 하실 수 있어요.

하나님은 누구든지
행복하게 하실 수 있어요.

순종

멋이라는 것을 창조하신 하나님께
순종하는 것보다 더 멋있는 것은 없죠.

아름다움이라는 것을 창조하신 하나님께
순종하는 것보다 더 아름다운 것은 없죠.

행복이라는 것을 창조하신 하나님께
순종하는 것보다 더 행복한 것은 없죠.

최고의 사랑은 사랑이신 하나님께
순종하는 것이죠.

당신은 나의 하나님

끝없이 거룩하신,
무한히 영광스러우신,
한없이 자비하신,
완벽히 정의로우신,
놀랍게 온유하신,
영원한 행복 주시는,
유일한 사랑이신,

하나님.

당신은 나의 하나님.

제5부

위로

맘속 그림

노랗고
나른한
태양,

누렇고
아지랑이처럼 피어오르는
벼들,

노르스름하고
아른아른한
하늘,

모두 나의 마음을
위로해줍니다.

연푸른 바다

시원하게
탁 트인
연푸른 바다.

그곳에 가면,
내 마음은
위로받을 수 있을까요.

시원하게
탁 트인
연푸른 바다.

그곳은
내 맘,
알까요.

우울

그대는 내맘을 모르기에,
그대는 사랑을 모르기에,
그대는 그대뿐 모르기에,

우울을 달래줄 노래를 찾고,
우울을 달래줄 영화를 찾고,
우울을 달래줄 시를 씁니다.

예술

기쁘나, 슬프나,
외로우나, 우울하나,

그것을 사랑으로
예술에 담아내면

위로가 되고,
아름다움이 되듯,

나는 새것이 됐네.
나는 새것이 되네.

사랑을 멈추지 말아요

슬픔과 우울과
아픔과 고통에서
벗어나려면

사랑을 멈추지 말아요.

나를 기쁘고 행복하고
힘있고 활기차게 하는 것은
나의 사랑이 필요하죠.

사랑을 멈추지 말아요.

위로

걱정하지 말아요.
나는 쉬지 않고 당신을 위해
기도하고 있어요.

슬퍼하지 말아요.
우린 만난 적 없을지 모르지만
나는 당신을 사랑해요.

우울해하지 말아요.
나는 반드시 당신에게
천국의 통로가 될 거예요.

아파하지 말아요.
당신이 아프면
나도 아파요.

포기하지 말아요.
언제나 우리의 기도를 들어주시는
사랑이신 하나님이 계세요.

바람

바람이 불면
그 바람에 나를 맡겨봐요.

내 마음속 드러나지 않은 눈물이
올라오려 하죠.

바람이 불면
그 바람에 나를 맡겨봐요.

내 마음속 사그라들지 않은 상처가
어루만져지죠.

바람이 불면
그 바람에 나를 맡겨봐요.

내 마음속 답답함이 날라가
평온해지죠.

태풍

태풍이 불면
바다가 정화된대요.

매서운 날씨는
어떤 식물들에게는 좋은 거래요.

우리 삶에 태풍은
우리 삶을 정화시켜 주고,

우리 삶에 매서운 날씨는
우리 삶의 어떤 부분에는 좋은 거예요.

날씨

지구의 위치에 따라
날씨가 제각각인 것처럼,

관계의 위치에 따라
마음이 달라지죠.

기후의 작용에 따라
날씨가 제각각인 것처럼,

기분의 작용에 따라
마음이 달라지죠.

천국의 날씨를 원한다면
항상 사랑해야 해요.

천국의 마음을 원한다면
항상 사랑해야 해요.

바라보기

태양을 쬐면
몸에도 좋고
우울도 쫓듯이

하나님을 바라보면
믿음도 생기고
어둠도 쫓죠.

맑음

푸르른 잔디를 바라봐요.
마음이 맑아지죠.

푸르른 숲속을 바라봐요.
마음이 맑아지죠.

푸르른 산들을 바라봐요.
마음이 맑아지죠.

파란

저는 좀 더 어렸을 때
파란색을 좋아했어요.

이 땅에서 찾지 못했던 소망이
하늘에 있었고,

이 땅에서 찾지 못했던 포용이
바다에 있었기 때문이에요.

당신이 가장 좋아하는 색은
무엇인가요?

네이비

지금 제가 가장 좋아하는 색은
네이비에요.

왠지 그 색이 좋아졌는데
어디선가 그 색이
하나님의 색이래요.

왠지 그 색이 거룩해 보였는데,

그래서 네이비를 가장 좋아해요.

근데, 인터넷에 찾아보니
그런 말은 없네요.. 흑

폭죽놀이

폭줄놀이를 구경하면
멍때리고 바라보게 돼요.

그 빛과
그 화려함,
때로는 그 거대함과
그 경쾌한 소리..
그냥 신기해요.

우울할 땐

우울할 땐 기도해요.
당장 나아지지 않더라도,
결국 그 기도들이 쌓여
변화들이 찾아와요.

우울한 땐 사랑해요.
사랑은 씨를 뿌리는 것과 같아서
모두가 행복해질 수 있는
열매를 맺게 되죠.

우울할 땐 순종해요.
나도 내 마음을 잘 모르지만
하나님은 다 아시죠.
사랑이신 하나님께 순종해요.

우울의 열매

우울함을 잘 이겨내면,
우울은

일상의 감사함을 알게 해 주고,
일상에 겸손함을 찾게 해 주고,
관계의 소중함을 일깨워 주죠.

어떻게 보면 우울은,
나를 새롭게
다시 태어나게 하는지도 몰라요.

모두 기도할게요.

공허함

조명이 꺼지고,
함성이 멈추고,
기쁨이 지나고,

찾아오는 공허함.

기도와,
사랑과,
순종을,

쉬지 말아요.

마음을 지키면
공허함도 막을 수 있어요.

우리가 사는 이유

제가 찾은 답,
하나님이 결국 제게 알려주신 답은 이거예요:

'사랑.'

우리가 태어난 이유도,
우리가 사는 이유도,
우리가 살아야 하는 이유도,

이 '사랑' 때문이죠.

사랑은 모두를 행복하게 하기 때문이에요.

목적

우리의 꿈과 목표는
'사랑' 이 되어야 해요.

그것이 나와, 하나님과,
모두를 행복하게 하는
유일한 답이기 때문이에요.

우리는 결국 사랑하기 위해
창조되었어요.

사랑하는 법

사랑하기 위해선

하나님과 모두를 향한
사랑을 구하고,

하나님께
순종해야 해요.

하나님께 순종함이
사랑이기 때문이죠.

하나님만이
사랑이시기 때문이죠.

하나님은 모두를
사랑하세요.

하나님은 당신을
사랑하세요.

많이.

내맘엔 너

초판 1쇄 펴냄 2021년 7월 21일

지은이 강형석

펴낸이 강형석
펴낸곳 오비디언스출판

이메일 obedience_family@naver. com
SNS www. facebook. com/obediencefamily

출판등록 제 25100-2021-000027호
ISBN 979-11-974569-1-6 (03810)

'오비디언스'(OBEDIENCE)란,
'순종'이라는 뜻의 영어 단어입니다.

오비디언스의 삼표어
1. 오직 하나님께 순종합니다.
2. 이 땅을 천국으로.
3. 온전한 순종은 이 땅을 천국으로 만드는 행위이다.